漂泊的云

王云萍 著

陕西人民出版社
陕西旅游出版社
西安

图书在版编目（CIP）数据

漂泊的云 / 王云萍著. — 西安：陕西旅游出版社，2021.4（2024.8 重印）
ISBN 978-7-5418-4057-9

Ⅰ. ①漂… Ⅱ. ①王… Ⅲ. ①诗集－中国－当代 Ⅳ. ①I227

中国版本图书馆 CIP 数据核字（2021）第 051480 号

漂泊的云　　　　　　　　　　　　　　　　　王云萍 著

责任编辑：张婧
出版发行：陕西新华出版传媒集团　陕西旅游出版社
　　　　　（西安市曲江新区登高路 1388 号　邮编：710061）
电　　话：029-85252285
经　　销：全国新华书店
印　　刷：永清县晔盛亚胶印有限公司
开　　本：880mm×1230mm　　1/32
印　　张：9.75
字　　数：144 千字
版　　次：2021 年 4 月　　第 1 版
印　　次：2024 年 8 月　　第 2 次印刷
书　　号：ISBN 978-7-5418-4057-9
定　　价：55.00 元

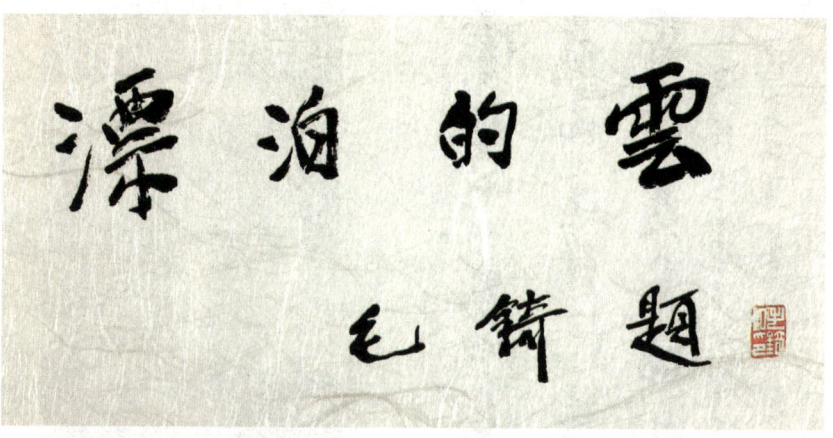

著名诗人毛锜题字

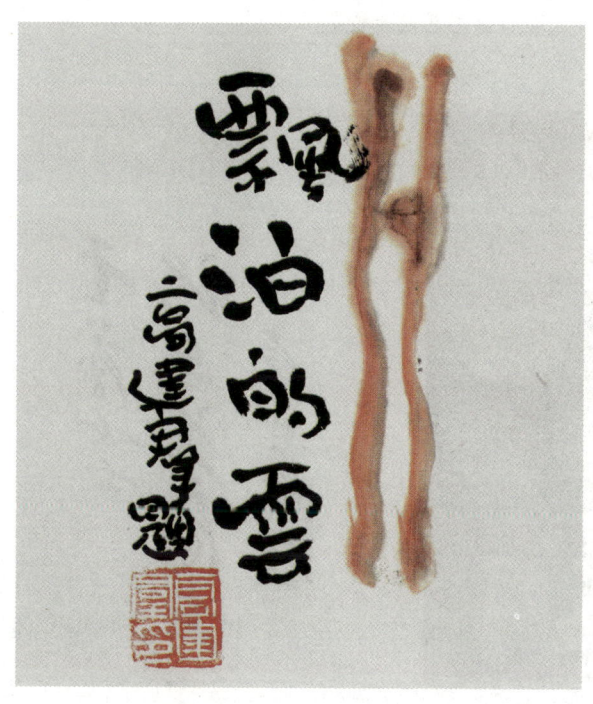

著名作家高建群题字

李志慧老师题字

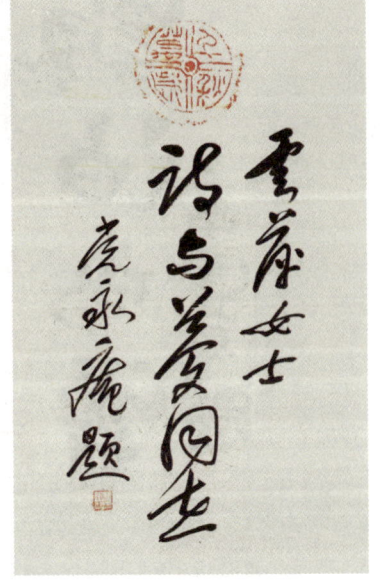

党永庵老师题字

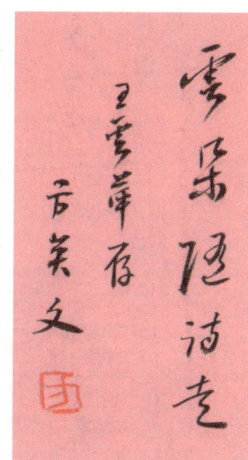

与省作协副主席方英文合影

与省作协副主席王海合影

与陈天民老师合影

与徐曼娜老师合影

还是那份清醇的诗情
——云萍女士的诗与文

我算是读书人吧,读诗、教诗也写诗,主要是格律诗。我也关注当代诗歌,尤其是格律诗的创作,感到当代格律诗间或有律无诗,即在平仄、对仗等格律形式上下的功夫较大,而相对缺乏诗思、诗兴和诗味。于是,我也读读"五四"以来的新诗,包括现代的郭沫若、闻一多、徐志摩、艾青,中华人民共和国成立以后的贺敬之、郭小川、李季、闻捷等人的诗作。至于近年来的新诗,我基本很少接触。读了王云萍女士送来的诗稿,我感到:还是那份清醇的诗情!

这份清醇的诗情,主要来自云萍女士成长的环境所蕴含的地域文化,她生长于、供职于陕西淳化,那地方我去过多次。淳化是秦直道的发端处,是汉甘泉宫、云陵的所在地,近年兴淳塔下又修建起淳化碑林。可以说,淳化的历史文化积淀深厚,生活于此地的云萍女士既没有被现代都市的喧哗所感染，也没有沾染到都市的浮躁。就像她说的，现在"地球是一个村，方便快捷。这个快节奏的时代，催生的是快节奏的生活方式，人们整天忙忙碌碌，奔波于红尘之中，讲求的是高薪，享受的是高科技，沉醉的是夜生活，有谁还有这份闲情逸致？"她保持着一份传统的、清醇的诗兴和诗情，把淳化的天地四时、自然万物作为审美对象，从中发掘诗兴和诗情。

正是由于这种心境，云萍女士的诗文中最常见的内容是通过四季之景抒写心事，如《春的声音》《夏的纪念》《小满有雨》《秋日登高》《雪夜》《山桃花》《一棵孤独的树》等。她的这部集子中也有抒写历史题材的，如《后稷之地感怀》《汉云陵》《题王昭君出塞》等，传达出对现代生活隐隐的焦虑。诗文的题材是传统的，感情也是传统的，催生出的是"似曾相识燕归来"的情思，却又不乏现代气息，传达出一位现代女性的真切感悟。在滚滚红尘的浮躁之中，读一读如此清醇的诗文，得到一份久违的恬静美感，仿佛使人的精神也皈依了自然。

就诗文的形式美来说，云萍女士诗文的形式是传统的，也是美的。她借鉴了五四新诗所探讨的各种艺术形式，如郭沫若的《女神》、闻一多的《红烛》、艾青的《大堰河——我的保姆》等新诗，也有格律化的四句一节、基本押韵的形式。但无论是哪种形式，如集子中的古风"词韵"，将散句转变为整齐的五言、七言，也丝毫没有拗口、艰涩之感，她"平平道出，且无用工字面，若秀才对朋友说家常话"（谢榛《四溟诗话》），诗作节奏鲜明，如行云流水，有"深衷浅貌，短语长情"（陆时雍《古诗镜》）之意趣。

读云萍女士的诗文，我想到她似乎应该在抒写淳化的历史时发掘出更深刻的文化底蕴，在描写淳化的山色风光时表现出新时代淳化人民再创辉煌的英雄气概，在清醇之美中多一些厚重之感和阳刚之气。在理论上固然可以这样主张，但在创作实践之中却难以做这样的要求，因为艺术的生命在于个性，诗人的艺术个性越突出，诗作越具有艺术价值。诗人的个性形成受诸多因素影响，只要写出一个真实的自我就行了。《春秋公羊传注疏》的"饥者歌其食，劳者歌其事"，《楚辞》的"发愤以抒情"，所写家国之情确实"高大上"。但是，东汉晚期中下层文人抒写相思离别、失志伤时之情的《古诗十九首》，因为"能言人同有之情"，被称为"千古至文"（陈祚明《采菽堂古诗选》），为中国古代诗歌开拓了新的抒情领域。云萍女士的艺术追求有似于此。

因此，在城市化进程加快之时，我还是希望云萍女士在淳化这块淳朴的、厚重的土地上保持一份清醇的诗情，写出更多更清醇的诗文，使我们更好地皈依自己的精神家园。

我与云萍女士素昧平生，是白志彦校友陪她到终南山下，嘱我为她的诗稿作序。我仔细阅读了她的诗稿后，了解了她的诗文创作，也认识了这位具有清醇诗情的女诗人，遂写了以上读后感。

是为序。

李志慧
戊戌孟夏于终南心斋

目　　录

第一章　音符

3　青春
5　雪
7　夏日短歌
10　赏月
11　春风谣
13　陷
15　今夕何夕
17　距离
18　无眠的夜
20　风的记忆
22　写给春天的情诗
27　悲喜剧
29　雪夜
30　编织的心
31　暗香

33 回家

34 从我生命里路过

38 寻梅

40 月华

42 夜雨

47 回首

49 写在大地上的诗行

　　——"书香淳化红五月"诗歌大赛

53 风起秦直道

第二章　帆影

57 春的声音

59 焚

61 酒歌

63 纪念册

65 晓梦

66 逝

67 断章

68 你的眼神

69 生日

70　揣想

71　伤

72　我是一片云

74　给曾经的校园

77　月圆之夜

79　窗口

80　印痕

84　观赏鱼

86　邂逅

87　骤雨

89　抵达

93　七夕

95　读你

96　秋天的约会

98　雨谒烈士陵园
　　——写在清明节前夕

第三章　流岚

103　惊梦

104　长街

106 彼岸的孩子

108 海岸线

110 聚

112 如果

114 飓风

115 半生缘

118 秋别

119 一棵孤独的树

121 情殇

122 日记

123 黄昏

125 晨

126 七月

127 转角

128 地平线

129 信使

130 眸

131 咏荷

132 奔

133 月光曲

135 风声

137 雨

138 惊弓之鸟

139 在书香墨韵里遇见更好的自己

　　——贺淳化县女子书法培训班开班

141 诔歌

第四章　梦痕

145 印记

147 渡口

149 昨日的爱恋

151 古老的河流

153 寄

154 迟

156 寂

158 听雨

160 遥远的星光

162 记忆

164 雪或者等待

166 心情

167 弃

169　陌路

171　当你以为

173　过客

175　乱

177　下雪的夜

179　我是一座孤岛

181　等待

183　湖的忧伤

185　断想

第五章　迷墙

189　夏的纪念

191　诗的成因

192　春之梦

194　独角戏

196　错过

198　夜

200　桥

201　给你

202　风筝

203　四月雪

205　春天的路口

207　相约遗忘

209　等你来入梦

211　失火的荒原

213　冰冻

214　枯荷

216　门

218　夜色

220　向往

221　暮

222　拥抱

224　夜来香

225　野孩子

第六章　花束

229　昙花

231　春天的约定

233　等候

235　漂泊的夜

237 难题

238 落叶

239 初雪

241 落雪的时候

243 流星三叹

246 誓言

247 碎片

248 等待起程

249 山桃花

251 十字绣

252 秋

253 钓

255 听秋

257 告别

259 樱花树

260 奉献

261 陪伴

262 后稷之地感怀

268 赠别

269 雨天，飘飞的思绪

第七章　词韵

273　春风

274　春日

275　春色

276　春梦

277　春雨

278　秦岭

279　丁香

280　卧听夜雨

281　阮思

282　秋声

283　夜待友人

284　题金川湾石窟

285　汉云陵

286　题王昭君出塞

287　小满有雨

288　古渡烟雨

289　风舞重阳

290　秋日登高

291　岁末感怀

第一章 音符

倾听

来自灵魂深处的

浅唱

漫天飞舞的音符

在眉间心头

缠绵悱恻

——《青春》

青　春

思念
透过文字的清澈
种下漫天的思绪

是什么
在心里潜伏得这么久
初见时眼底澄亮的光芒
夏夜里清凛的月光
丁香丛中的蓦然回首
梧桐树下的低言浅笑

流年里
那一场盛大的遇见
如夏夜里怒放的昙花
无论我怎样努力地
在记忆里一遍一遍
铭刻

却注定要纷纷落下

漂泊的云

倾听
来自灵魂深处的
浅唱
漫天飞舞的音符
在眉间心头
缠绵悱恻

回首
我的青春
如同一幅废弃的画
在你记忆的角落
落满尘土

雪

电话那端

你礼貌而疏离的语气

瞬间击碎

我所有的想象

那些不安

那些牵挂

那些热望与期盼

如雪崩般坍塌

再一次确认

这只是我一个人的

繁华

与爱无关

与思念无关

甚至与你无关

漂泊的云

纷纷扬扬的雪花
自天宇飞旋而下
如决绝的伤心

伸手
想握住一片晶莹
徒留　掌心里
一滴清泪

夏 日 短 歌

(一)

是无可奈何
还是一意孤行
春天的背影
决绝,零落一地猩红

(二)

仓促地
跌入夏的怀中
熏香的风
吹来一季葱茏
生长的在生长
熙攘的人群中,一动不动

(三)

奋力攀缘
高处,有更多的阳光雨露

有更美的风景

蔷薇花，挣不脱的

是自己的暗影

（四）

栅栏 墙壁 蒺藜

阻隔两颗心的

从来都不是这些

谁能心如磐石

谁又能无动于衷

（五）

面面相觑，相对无言

如白与黑的对峙

如光与影的追逐

一个不知所措

一个波澜不惊

（六）

天边遥远的云朵，飘浮不定

如捉摸不透的一张表情

藏在心底很久的谜题
已经不需要解答
视线之外,脚步匆匆

(七)

想和一棵树
一起在薄暮下散步
他们说,所有的离开都是蓄谋已久
就像所有的叶落
都不是因为秋风

(八)

余晖脉脉,远山含翠
一只蝴蝶悠然远去
透过玻璃
窗外,是路过的黄昏

赏 月

桂花的幽香
涤荡着夜的清澈
多情的风在夜色中
流淌着,水一样的温柔

在这个十五的晚上
没有皎洁的月,没有灿烂的星
几片单薄的记忆
在颠沛流离中荒草丛生
空气中弥漫着
无处安放的心情

曾经的璀璨
在一场盛大的花事中
纷纷凋零
一群人,坐在屋子里
对着摇曳的烛光,赏月

春 风 谣

第一章 音符

站在春天的路口
看流光飞逝
微凉的春风
吹走指尖的岁月
那些握不住的年华
就这样
悄悄地　盛开在记忆里

是谁
从时光深处
披星戴月走来
唤醒我
隐藏的渴望

一段浅浅的记忆
就这样

川流不息　在眉间

站在春日的黄昏
听
风中　是谁在歌唱
桃花映红装
你明媚的笑靥
还在谁的记忆里绽放
暗夜箫声扬
你年少的心事
仍被谁小心翼翼地珍藏
飞花微雨凉
你喧嚣的青春
铭刻在谁的心上

我听见
梦想如青草　嘎嘎生长
那些被雪藏的过往
这一刻
梦到了温暖的阳光

陷

第一章 音符

猝不及防
跌入你幽深的眼眸
一道光
蓦然照进心田
慌乱的心犹如溺水
窒息般紧张

一颗石子
投入平静的湖面
荡开一圈圈涟漪
我低下头
深深地呼吸
栀子花的香气
馥郁芬芳

漫溢的欢喜
潮水般涌上心头

漂泊的云

雀跃的心情
插上飞翔的翅膀

一朵云
飘浮在无垠的天空
一棵树
扎根在深厚的泥土
我悸动的心啊
无处安放

今夕何夕

挨过

多少个孤寂的夜晚

才换来

今夜的相逢

今夜

星辰在银河里静默

无数喜鹊扑闪着翅膀

支撑这一年一度的

爱的重量

千年的诺言

千年的守望

千年不变的情怀

在相互的凝望中

绽放

这一刻
语言显得那么苍白
那无法诉说的相思
跌落满怀

多少个空寂的夜晚
浅颦低笑间
谁
知我心
如果可以选择
我不要成为这神话般的
膜拜
只愿　日日与你相守
历经平淡的流年

距 离

天涯咫尺

咫尺天涯

像隔着时空的河岸

像隔着遥远的纪年

怎样　用心

架一座鹊桥

才能

相逢

于人海

第一章　音符

无 眠 的 夜

辗转反侧
总不能踏入梦之门

佐着星光
我的心
弥漫成一片月色
夜用黑色的眼睛
抚摸着这个世界

风
轻轻地从窗外
掠过
谁的思念在风中呢喃
风又挟裹着
谁的心
到哪里去流浪

回忆
是一间小小的博物馆
陈列着许多
似曾相识的事物
在无眠的夜里
与过往
狭路相逢

第一章 音符

风 的 记 忆

曾经你说
如果我是一片云
你就是一阵风
绕着我朝朝暮暮
追随我天远地穷

如今我依然是
那朵漂泊的云
你却如风
钻进人海
无影无踪

那么多我们共同的记忆
你却选择
独自忘记

我用力抓紧想念

却抓不住你的温暖
那些一起走过的时光
只是我一个人的
地老天荒

就这样站在思念的尽头
等你
等风吹过窗台
等风掀起记忆

我还要到那里去流浪
漂泊的心
在每一个辗转反侧的夜晚
独自无眠

写给春天的情诗

(一)

一缕清风
撩拨着纤细的柳枝
她咯咯
地笑着
舞动着妖娆的腰身
婀娜多姿

心中满涨着期待与憧憬
在春风里顾盼流连
清新嫩绿的色调
一如青春般
鲜明

听　风中有人在歌唱
吟一曲年华乐章
诵一首千古绝唱

流年里
谁在侧耳倾听
春天的交响

(二)

微笑着
在季节的边缘
等你

一季花开
喧闹了红尘
缤纷了流年
满溢的花香盈满袖口
摇曳着步步生姿
顾盼着熠熠生辉
缱绻连绵的情思
萦绕在你我心上眉间

梨花满院

寂寞了年少轻狂
尘封了深情款款
那些诗句
隐藏在灼灼桃花里
笑容满面

(三)

疯狂滋长的
不仅仅是遍野的
青草
那散落在陌上的青春
葱茏了岁月
繁华了曾经

袅袅微风
吹拂着似曾相识的场景
年年次第春回
绽放着
蓬勃的希冀

斑斓的梦想

还有刻骨铭心的过往

（四）

檐前　一声清脆的鸟鸣
撞开
春天的栅栏
桃红柳绿　紫燕低旋
花朵争先恐后
酝酿着一场盛大的遇见

你的英姿衬托着我的妩媚
我的冷艳被你的娇俏渲染
你的杏红裹挟了我的柔粉
我的明丽陪伴着你的嫣然

绚烂　喧嚣
氤氲在这场芬芳的邂逅里
姗姗而行　遗世独立

（五）

写一首诗
寄给丰沛的春天
一段风的轻柔
一段雨的缠绵
还有一段阳光的温暖

这是永恒的邀约
这是无瑕的约见
暗藏着雀跃的欢喜
饱含着深情的迷恋

春光很短
年华有限
我在春天里等你
一期一会
不见不散

悲 喜 剧

盼望了几个世纪
终于和你
相逢于落花季节

眼波悄悄漫涨
心海推波助澜
排练好的情节
全部错乱
看落英片片
残红瓣瓣

台词尚未念完
分手又在眼前
离别的渡口
有微笑闪烁
泪水满面

漂泊的云

遥遥挥手
挥不去的是离情
愈行愈远的旅程中
你的面容渐远渐淡

含泪
我终于明白
生活
不过是一部连续的悲喜剧
而聚是缘分
散是命运

雪　夜

谁的慨叹穿越浓浓的夜色
在窗外呢喃
纷纷扬扬的雪花如等待的忧伤
决绝而义无反顾

信纸没有铺展
等着沉重的笔
笔没有打开
等着无奈的写信人
我在窗前慢慢踱步
等着你轻轻叩门的声音

风　呼啸而过
思念长了好多皱纹
你　没有走来
用温暖的目光
将她一一抚平

编织的心

十月的风挟着寒意
远方的你
想必紧需一件秋衣

择出所有的昨日
连同绵长的思绪
捻捻拢拢
纺成毛线一缕

时间是针
串起所有的往事
在缠缠绕绕中
袭我以无名的惆怅

我不知道
我是在编织毛衣
还是在编织梦想
遂在日渐搁置的心情中
品味时空的森冷

暗　香

就这样
远远地看着你
日子一天天过去

你抬头看天
天云卷云舒
你低头看海
海潮涨潮落

我对面看你
你的眼神飘忽迷离
感觉遥不可及
我回头看你
你的背影如此清晰
好像从未离开

我是一朵隐秘盛开的花

暗香浮动
在每一个不眠的夜里
我心痛欲碎
你却毫不知情

只能就这样
远远地看着你
任日子一天天过去

回　家

远山渐渐隐没
薄雾悄悄弥漫
璀璨的霓虹
暧昧着夜的迷离
我，在路上

拐一个弯
把昨天丢在身后
那些怀揣着的
背负着的
瞬间轻盈

骑行的速度追不上风
却刚好在晚餐的时候
抵达
靠近你
靠近爱

从我生命里路过

（一）

猝不及防，转身或者遇见
你微笑着说，好久不见
落日的余晖在眼睛里闪耀
夕阳下你的身影，镀着一层金色的光芒
有种梦幻般的真实

是惊，是喜，抑或是悲伤与难过
一种复杂莫名的情绪溢出眼眶
我低下头轻轻地说，是呀

我知道，你是生命里的不可触碰
不可企及，我已经绕行了许久
你却肯定地告诉我，此路畅通

（二）

在最没有预料的时刻
再一次遇见你，这个秋日的清晨
白雾散开，落叶满地
璀璨的野菊花，散落一地金黄的叹息
你就那样不经意
站在我经过的路旁

我仓促地拥抱你，自顾自狂喜
来不及仔细揣摩，你的表情
是欣喜，是敷衍
还是情非得已

后来，关于那些细节
我真的记不起，当时天空很蓝
白杨树的眼睛，笑得很妩媚
还有那淡淡的，淡淡的
烟草气息

（三）

期待了很久，一场雪
始终没有，落下来
独自站在，这条熟悉而热闹的街道
风中弥漫着，谁的想念
耳机里，如水的音乐蔓延
诉说着离愁、爱恋
还有无尽的伤感

不可置信，你突然出现
我抑制不住内心的狂澜
战栗的喜欢，瞬间席卷
低头浅笑，软语温言
如沐春风
冬日暖阳
不及你眼里的光芒

命运啊

我早已向你高高地举起了手

一点一点妥协

沦落在宿命里

你为什么

要在我已经绝望的时候

给我重逢的喜悦

目送你

再一次离我而去

你的背影

渐行渐远

消失在街道拐角

徒留我

在人群中不知所措

寻 梅

循着阵阵暗香
在小园幽径间找寻
竹林掩映，四季仿佛停止轮回
墙角，疏影横斜
数枝梅花清清浅浅
盛开

今冬无雪
这个季节便索然无味
想象着，雪花纷飞
窗外一枝寒梅傲雪
围着红红的火炉
饮酒，手谈，品茗，抚琴
白色的雪
覆上绿色的竹
吻上红色的梅
是一幅多么美好的画面

诗句中的梅花

自顾自，美得不可方物

即使没有雨雪的洗礼

稀疏的花朵

零星，散落在枯瘦的枝干

雪藏一段时光

细细回味

折一枝报春的花朵

一半寄给远方

一半插入瓶中

月　华

今夜月华如水
流泻在静谧的林间
温柔的清辉透过枝叶
洒下斑驳的光影
醉人的芳香
在夜风中久久地弥漫

你丰润的脸颊
如饱满的月
你明亮的眼波如水
轻轻地
漫过我的眉睫
漫过我的眼帘
我的心沉溺在
你如水的柔情里

年轻的你

如一朵初绽的栀子花

纯洁美丽

在我的青春年华里

每当月华如水

你如水的双眸

都会触痛旧日的记忆

谁和你漫步月下林间

谁拭去你腮边的泪滴

只有如水的月华

一如当初那样

纯洁美丽

夜　雨

（一）

一阵雨
溅起一片迷蒙夜色
星星如同淘气的孩子
躲在云朵后面
偷偷倾听

（二）

前仆后继
扑打着冷寂的窗
蜿蜒而下的
是谁的眼泪
触手冰凉

(三)

蒸腾　冷凝
再蒸腾　再冷凝
经过多少次痛苦的轮回
才能变成你喜欢的模样

(四)

极速地坠跌
决绝地义无反顾
只想停留在你心里
却落入了无眠人的
耳中

（五）

惊慌　急促　不顾一切
敲打着夜的寂寥
内敛的深情蓬勃
沉静的爱恋汹涌
缓缓流淌的
是无处放置的心情

（六）

如果说
雨是云的泪
为何
总在夜深人静的晚上
悄悄滑落

（七）

雨声滴落
谁来应和
深夜里醒着的
是倔强
是沉默
还是执着

（八）

你默默唱着
我静静听着
窗外时疾时缓
窗内似醒似梦

（九）

如美妙的音乐
轻轻飘在窗前
如果能抚慰无眠人的心
也不失为一种幸福

（十）

听雨
听时间的脚步
听暗夜里心情喧哗

回　首

此生已不能同行
心却难改初衷
昨日
你眉梢的浅笑
深深刻在
我的心中

穿梭在烟波浩渺的
红尘里
谁的眼神
束缚了我的心
那些泛黄的信笺
是青春
留下的唯一的
证据

剪不断的思绪

如同剪不断的

绵绵秋雨

所谓的沧海桑田

不过是

回首时

那短短的一瞬

写在大地上的诗行
——"书香淳化红五月"诗歌大赛

秦始皇 曾在这里北望

直达边关的梦想

在这里启航

秦直道上,车辚辚马萧萧的盛况

在历史的竹简上轻舞飞扬

汉武帝 曾在这里纳凉

许多重大的决策

在这里谋就

甘泉宫的每一片瓦当

深埋在岁月的尘土中

泛着琥珀的光

西周大鼎 历经千年岁月

在这里重见天光

那些石羊石马

诉说着岁月的沧桑

许许多多的遗迹

氤氲着岁月的清香

庄严的烈士纪念碑

记载着这片红色热土的辉煌

听　爷台山的号角

依稀在梦里回响

奏响保卫延安、保卫陕北的绝唱

看　桃渠塬的灯光

仿佛在记忆里点亮

照亮中国革命前进的方向

一代人杰

曾在简陋的窑洞里

日思夜想

淳化这片古老的热土

在中国革命史上

写下了绚烂的篇章

曾经的文明灿烂

已是昔日的荣光

如今　这片土地上

又书写着新的辉煌

淳化十九万儿女
用沸腾的热血、燃烧的激情
用青春的火焰、生命的光亮
弹奏一曲经济建设的激昂交响

新农村里　炊烟袅袅飘荡
老人安详的目光
透出幸福的醇香
工业园区　机器飞速运转
工人专注的眼神
传递着小康的希望
甘泉湖的碧波
荡漾着淳化儿女的似水柔情
兴淳塔的倩影
倒映着淳化人民的梦想
淳化　正在奔往小康的路上

王家山的林海
染绿了　多少都市人

回归自然的期望
农家乐的土炕
唤醒了　多少童年的回想
春天　三十万亩花海
任你徜徉
让你的笑靥如花绽放
秋天　如火似霞的红叶
任你观赏
染红你璀璨的梦想
生态淳化的美丽画卷
在渭北高原上徐徐绽放

蘸一笔阳光的油彩
扯一缕月亮的清辉
描绘一幅更加绚丽的蓝图
相信淳化的明天会更美好
那将是写在大地上
最美的诗行

风起秦直道

从孟姜女哭倒的
长城缺口中,汹涌而入的风
凛冽了秦时明月
寒凉了汉时关隘

今天,站在秦直道的遗迹上
遥望,野有藤蔓,草木葳蕤
一棵棵顶着红缨的玉米
像一排排等待检阅的士兵
猎猎西风掠过
隐隐有金戈铁马,号角争鸣

荒草丛生的黄尘古道
瓦砾狼藉的殿宇楼台
依稀可辨的土台门阙
想象中的雄伟,浑然天成

漂泊的云

这是一个时代的强盛
这是一个时代的象征
熙熙攘攘的喧哗
活色生香的繁荣
车辚辚，马萧萧的盛况
盛况，尘埃落定

云朵不是那朵云朵
天空亦不是那片天空
只有亘古的风
像一把冰冷锋利的匕首
刺穿时空

第二章 帆影

是谁的手

打开冬的栅栏

拨动春的琴弦

那些被禁锢的音符

翩然起舞

——《春的声音》

春 的 声 音

第二章 帆影

听　春风
在杨柳的耳边呢喃
杨柳羞涩地捧出心事
黄绿的小芽串成
思念的青藤

檐前新燕的啼鸣
打开了紧闭的朱窗
阳光挤进来
温暖了
潮湿的情愫

远处
青草在噌噌地生长
所有的憧憬
都撞出心房
开成春天里最绚烂的花朵

漂泊的云

是谁的手

打开冬的栅栏

拨动春的琴弦

那些被禁锢的音符

翩然起舞

焚

燃起一堆烈火
焚毁所有给你的情书
连同遥远的往昔
和那个美丽的夏季

让那些如黑蝴蝶般翩跹的记忆
如渐渐安息的灵魂
从此　冷成灰烬

人海里
我只不过是一粒尘
关于永远的约定
永远丢失在那个夏季

所有对你的爱恋
对你的思念
如轻烟一缕

和这些书信
一起消散在岁月的风尘里

没有什么是我可以挽留的
包括青春　包括爱情
曾经那么坚定的誓言
曾经那么炽热的心
裂成碎片
在暗夜里　纷纷落下

窗外雨声渐紧渐密
我焚烧所有给你的诗
为那逝去的青春
一祭

酒 歌

盈盈眼波
盛不下酸甜苦辣
于是
倾入杯中的
不仅是酒的浓郁和香醇

烛光摇曳
找不到当初的心情
旋律依旧
融入生活的悲欢

举杯
遥向十六岁的花季
杯中映现的
却是你我今日的容颜

那么

让我余生再去漂泊吧
就这样漂泊也没有什么不好

秋风吹远了
最后一片
相思的红叶
我的名字在远方
如钟声
撞响你的生命

纪 念 册

第二章 帆影

一个熟悉的姓名
扯出一缕温馨的记忆
一张亲切的笑脸
定格一幅美丽的画面

记忆的闸门募然打开
思绪如潮如流
滔滔不息　如江如河

时光之轮无情地碾过
无论曾哭过　曾笑过
日子就这样一天天远走
世事转过多少轮回
谁
是你记忆中最美的风景

在今夜柔柔的灯光下

张张笑脸和个个名姓

温暖我寂寥的心

而窗外

落英缤纷

晓　梦

风来了
吹走了我挂在墙上的梦
雨来了
敲打着我彻夜无眠的窗
当重重黑夜袭来
我无处躲藏

从模糊的梦境中醒来
唇间仍呼唤着你的名字
眼角是晶莹的泪
心中是无限的怅惘
在清晨淡淡的微光里
弥漫着我浅浅的哀伤

逝

日子　从我身边
大踏步地掠过
我甚至　能听见
年华流逝的声音
如缓缓的流水
如轻盈的羽毛
如握不住的流沙

被我粗鲁驱逐的过往
在暗夜里
与我狭路相逢

断　　章

以往事为原料
酿成一种很醇很醇的
酒

注入杯中
举杯
向冥冥中的人致意
一饮而尽

之后
便有一种温热的情绪
在体内游走
那便是
思念

你的眼神

人们都看到
你的帅气　你的阳光
谁能看见你眼中的重洋
那深藏的眸光
曾让谁年少的心，心旌摇荡

人们都看到
你的成熟　你的成长
谁能读懂你眼中的沧桑
固执地不肯遗忘
那些深埋在岁月中的故事
泛着琥珀的光

你眼中透出的光芒
刺痛谁的心房
那藏在记忆里的名字
嵌在岁月的年轮里
氤氲着清香

生　日

点燃生日蜡烛
对着影子，举杯

摇曳的烛光闪闪
犹如暗夜里的星星
星星也会流泪吗
我不知道
只是　今夜的月光很冷
无言地注视着我

我没有诗仙的豪迈与浪漫
我只是个凡人
检视空空的行囊
谁的泪
斑驳了我苍白的青春

只有在下一季的漂泊中
再去继续

揣　　想

简单的盼望
注定了这次旅程的全部含义

疾驰的客车中
我凝神揣想
你的面容及神情
因岁月而模糊的记忆
在心中逐渐清晰明朗

眼睛因酸楚而湿润
年少的岁月
年少的故事
都消失在时光的风尘里
如今我们已不再年轻
我应该含笑　还是含泪
面对这次重逢

伤

我说　　我弃权了好吗
关于你罗列的种种罪状
不是今天才有

我不爱你了
这样直接些岂不是更好
何必找那么多的理由和借口
如果你有更好的选择
我会忍痛放手

抱歉，我不能再陪你往前走
曾经的誓言
就让它飘落在曾经的渡口

让我们都保留一些尊严吧
即使分手，也别让刀子
切下更深的伤口

第二章 帆影

我是一片云

我是一片小小的美丽的云
我在意裙裾的洁白
在意被赞赏的喜悦
在意你凝望我时
爱恋的目光

我喜欢在蓝蓝的天空
闲庭信步
随意地变换姿态
浩瀚的天空
是我广阔的舞台

可是
是什么污染了我的衣衫
是什么损坏了我的容颜
谁让我变得如此丑陋
谁毁了我的悠然安闲

城市上空飘浮的烟尘
高高烟囱冒出的浓烟

人们呵
什么时候
还我美丽容颜
什么时候
还我碧水蓝天

给曾经的校园

谨以此诗献给所有陕西省仪祉农业学校的校友们

高大的梧桐树下
徜徉着我们年少的身影
美丽的花圃边
定格着我们灿烂的笑容
礼堂里正在表演
掌声　笑声　欢呼雷动

月光下
谁在弹着吉他吟唱
雨夜里
谁的箫声悠扬
足球场上
奔跑着男孩矫健的身姿
青草地上
抖落了女孩清脆的笑声

而今
这一切都哪里去了

眼前　这破败不堪的废墟
是我那美丽的校园吗？
荒草离离
我的梦境要去哪里追寻

这里　应该是教室
这里　应该是礼堂
这里　应该是足球场
……
曾经的一切
就这样不着痕迹地逝去

遍布我们足迹的小径
繁茂美丽的花树
熙熙攘攘的笑声
银杏、木槿、紫藤
宿舍、教室、实验室
那梦中无数次重回的地方

如今　哪里去了

那些或威严或慈爱的面容
在心中一一闪现
谆谆的教诲还在耳边回旋
那些清丽或纯真的笑颜
从未远离　将我陪伴
一起成长的痕迹
一起流过的泪水
一起唱过的歌谣
一起经历的疼痛
都散落在繁芜的青草里

曾经美丽的校园呵
没有了你
我的梦该寄往何方
我的青春该往哪里躲藏

后记：昨天，看到同学发的母校照片，心中感慨万千。曾经，我是青涩少女，你是懵懂少年，还有那青青校园……

月圆之夜

今夜,静静地坐在这里
什么都不去想,让自己
陷入空白,陷入虚无,陷入
无边无际

一片混沌中,有点点星辰闪烁,如
细微的烛火,如隐约的荧光,
如闪光的思想,冲破重重迷雾
撕开夜的迷离

　捕捉,那稍纵即逝的瞬间
在掌心,细细密密织下经纬
每一次重逢和离开,都暗暗留下
结点
不求高山流水,千里婵娟,也
不念长亭短亭,青草更在斜阳外

紧紧握住曾有过的悲欢,把浅浅的印痕
雕刻成精美的纹身

这样的夜晚,一切语言都是多余
眉间流淌的月光,晶莹皎洁
就把自己种成一颗月桂树吧
沉默不言,淡然宁静
没有人,可以熄灭满天的星光
正如没有人,可以抵挡
月色的温柔

窗　口

每次我一回头
都能看见你
在窗口
微笑颔首
或向我轻轻挥手

我知道
我的路
是你用目光铺成的
无论我走多远
你的爱与叮咛
都在我左右

所以　我从不在意
前路是崎岖还是平坦
因为一路有爱
一路有你

印　痕

（一）

一朵云，飘散在湛蓝的
天空
一滴水，融入浩渺的
大海
爱，漫卷过的心田
一片荒芜，寸草不生

（二）

想变成一朵雪花
落在你温热的掌心
纵使融化成一滴眼泪
也无怨无悔

（三）

经过多少次痛苦的

轮回

一遍一遍倾尽所有

换来的，依然是

擦肩而过

（四）

纠缠，撕扯，剥离

我被灵魂推得很远很远

他在遥远的高处

无限悲悯地

看着我

挣扎绝望，深陷沉沦

无动于衷，亦无能为力

（五）

一个人
困在失眠的夜里
不敢，不能
只好躲进梦的
深处，听夜风唱尽
人世间的悲欢离合
寂寞繁华

（六）

所有的刻骨铭心
都变成日常的
不动声色
那些痛和思念，那些
辗转无眠
如隔世般久远
暗夜里的更漏，滴落

一颗心,飘着
没有着落

（七）

却原来爱得那样刻骨铭心
也可以忘得如此风轻云淡
眼里没有火花,心中
再无波澜
到了最后,所有的
遗憾错过,倾心迷恋
只不过是,轻声一叹

观 赏 鱼

我是一只鱼
一只生活在鱼缸中
安逸的鱼

我
惧怕风
惧怕浪
惧怕大海的无边无际
我只能生活在鱼缸里
没有自由
每天等待
嗟来之食

你可以看到
我缤纷美丽的外衣
在鱼缸里优雅地转身
漫不经心地游来游去

可是
你别想试着了解我
你
读不懂我的思绪
我
只是一只供人观赏的鱼

第二章 帆影

邂 逅

你从我身边飘过
像水中漂过的浮萍
我从你心田掠过
像梦中掠过的花影
一样的邂逅
一样的相逢
经历了多少风雨变幻　世事变迁
当丝丝细雨打湿了芭蕉
你是否能记起
我曾等你　在雨中

骤　　雨

突如其来的滂沱大雨
猝不及防　席卷
一株美丽的格桑花
颤巍巍地在风雨中飘摇
在风雨中飘摇的还有
湿漉漉的心情

想要对你说的话语
七零八落
溃不成句
我试着将它们写成诗句
却一点一滴
全变成了眼里的
点点泪滴

大风过后
冷透了捧在手心里的

漂泊的云

真心
我该将之弃于何处
压在心底的千般滋味
无人诉说

低眉浅笑
想象
在你耳边呢喃
握紧指尖
怕触痛了脆弱的情感
颠沛流离的心啊
靠不了岸

我是一抹雨后的彩虹
逐渐弥散在湛蓝的天空
一场骤雨　总是来去匆匆
就这样　奋不顾身
在荒草丛生的流年里
飞蛾扑火

抵 达

(一)

一场雨,如约而至
淋湿了,焦灼的渴望
干旱已久的禾苗
慢慢挺直,慢慢鲜活
仿佛被抽走的灵魂
慢慢聚拢,慢慢苏醒

(二)

久违的声音
穿过浓浓的夜雾
和着窗外的雨声
猝不及防
直达,内心的柔软

（三）

早已筑起的厚厚防线
瞬间，轻而易举地被击溃
我的心
泛滥成一片泽国
张开口，却发不出任何
声响

（四）

泪，无声地滑落
茫然无措
是你太绝情
还是我贪恋这份温暖
这个夏夜，透着微微的寒

（五）

我与春风，皆是过客
驿站荒芜，鱼沉江阔
无秋水可望
无星河可览
那些辗转反侧的夜晚
渐行渐远
谁，还在梦中呜咽
风中飘散的，不仅仅是
云烟

（六）

他们说，人生
就是一场抵达

漂泊的云

从此岸到彼岸
花开是风景
骤雨也是风景
不同的,是看风景的
心情

(七)

可是,总有一些地方
遥不可及,无法抵达
比如远方
比如人心

七　夕

伸手，拨开星蕴重明的迷雾
守望，是千年不变的情怀
任璀璨的星河迷离了双眼
依然等待
一期一会的相逢
心，分外安定

听，葡萄藤下的绵绵私语
是亘古缠绵的
情话
经年的相思，累积
蓄满各自的眼眶
盈盈一望间，心意了然

一声蛮鸣，惊醒残梦无双
多少个孤寂的夜里
凝神遥望

隔着迢迢银河
那两颗闪亮的星星
辉映着彼此的光芒

云朵追逐着云朵
在银河岸边喧哗
流萤如星,还是星如流萤
轻摇罗扇,点亮烛灯
一种情愫
在眉间心上涌动

还有什么能够抵挡
夜夜刻骨的思念
月色如水,冷雨敲窗
要有多坚贞
才能心心念念,矢志不忘

千百年来
人们神话般地膜拜
我,只想依在你的肩头
天上人间,此情独衷

读 你

读你千遍也不厌倦，读你感觉像三月

想象　你如一株荷
端坐在　清清浅浅的水面上
嫣红的心事
在微风中徐徐展开

我　从时光深处走来
读你　含情脉脉的眸子
月光流泻在你的眉间
熠熠生辉

你的脸颊印着桃花的妩媚
你的眸子透着潭水的深邃
你的眉毛描着远山的淡泊
你的樱唇呼出春风的芳醇

读你，有诗的韵　有画的美

秋天的约会

来吧，来吧
采一束烂漫的野花
编一个绝美的花环
衬着你无邪的笑脸
定格成一幅唯美的画面

来吧，来吧
折一根雅致的芦苇
插一瓶飘逸的梦幻
让原野的风韵驻留心间

来吧，来吧
摘一篮丰收的果实
许一个美丽的心愿
捎去果乡人殷殷的呼唤

来吧，来吧

来赴秋天的约会
让秋之色彩渲染你的心情
让秋之风韵装饰你的梦境
让秋之明月纯洁你的心灵
让秋之繁星点亮你的旅程

来吧,来吧
来赴秋天的约会
让花香铺满回家的路
你听,你听
秋之雨倾诉着缠绵的心语
你听,你听
秋之风传颂着丰收的喜悦

雨谒烈士陵园

——写在清明节前夕

握一把伞
缓慢而执着地
我走向你

虔诚的心
穿越遥远的时空
长眠于此的先烈们
你们能否感知
我深深的敬仰

默默地
伫立在肃穆的园林里
金灿灿的野花
犹如你们年轻的笑脸
我依稀听到
那密集的枪声
那震天的呐喊

那嘹亮的冲锋号
还在久久地　久久地
回响

捧一抔黄土
轻轻掩在你青青的墓上
任潇潇的雨洒落
滋润你干燥的唇
苍天也在暗暗垂泪吗

轻轻地
抚摸着庄严的纪念碑
如同抚摸最年轻烈士
稚气未脱的脸
这是你们用血肉之躯
砌成的丰碑啊
我仿佛看到
你冲锋的英姿
流血的胸膛
坚毅的目光
迸发出青春的光芒

漂泊的云

我的手指
轻轻划过那些
模糊而久远的名字
每一个名字
都是一部光荣的战斗史
还有许许多多无名的英雄
都融入这深厚广袤的黄土

你看
孩童纯真的面容
如怀抱中美丽的鲜花
英烈们
你们可以安息了
你们用生命撑起的天空
他们正在自由　幸福地
飞翔

第三章 流 岚

是谁在暗夜里吹箫
箫音袅袅飘荡
夜风中
流淌着谁的哀伤

——《惊梦》

惊　梦

第三章　流岚

午夜梦回
泪水在脸上肆虐

帘外月明星稀
芭蕉竹影迷离
是谁在暗夜里吹箫
箫音袅袅飘荡
夜风中
流淌着谁的哀伤

那些已经遗忘的过往
在梦中偷袭了我
来不及躲藏

长　街

站在街头
茫然四顾

昨天
已经走得太远
来不及追赶
曾经璀璨的青春
绽放又凋零
我一无所有
亦一无所求

就这样跟着人群走下去
不问前路是风是雨
任爱恨如浮云般散去
任悲欢如风过无痕迹
曾经丰盈温润的记忆
在纷纷扬扬的飘零里

渐渐被忘记

只有那些沉淀的
往事
在月色下
会心地微笑

第三章 流岚

彼岸的孩子

独自留在诗句背后
已没有了凄美的理由
任记忆
裂成碎片

美丽的初相遇
那些难忘的场景
清冽的月光下
那令人眩晕的话语
发黄的老照片里
你微笑的年轻容颜
还有那散落一地的
深深的叹息

在千年万年的罅隙中
在抬头低头的笑容里
却忘记了

是谁
先向命运投降
走入早已注定的结局
渡口边
那一场撕心裂肺的别离
是流年里
最伤最痛的印记

我只是一个彼岸的孩子
从时间的另一端
走来
没有人在意
我是微笑
抑或是哭泣

第三章 流岚

海 岸 线

风
穿越千年的等候
此刻　凝眸
海天深处
我的心
是波涛微微起伏的
海岸线

往事如潮水
一遍遍撞击心胸
心如突兀的岩石
早已被侵蚀得的
千疮百孔

那些散落在陌上的
曾经
成为记忆中最美的

第三章 流岚

风景

相隔千山万水

我们的心跳

雀跃着

相同的节拍

跨过时间的海洋

谁

伴我穿过岁月的阴影

千帆争渡

我扇动透明的翅膀

想要飞过

这片海

聚

让我们举杯吧
没有什么　比此刻
更该一饮而尽

隔着二十年的时空
你已不是腼腆的少年
我也不是如花的少女
优雅　是生活的历练
成熟　是岁月的沧桑
年近不惑的我们
已渐渐没了青春的模样

记忆中的点点滴滴
如此遥远
却又如此清晰
原来所有的疼痛与不舍
都是为了今日的重聚

所有的欢笑与泪水
都会在此刻
一一再现

让我们举杯吧
倾入杯中的
不仅是二十年的韶光
还有无法用语言诉说的愿望
那让我们一生铭记的情谊
如水般纯净
如酒般醇香

如　果

轻轻地
关闭一扇门
让那明亮灿烂的记忆
冷成灰烬
让那如蝴蝶般翩跹的灵魂
从此安息
你的面容渐浅渐淡
逐渐隐没
在暗夜的山林

轻轻地
关闭一扇门
心在一瞬间
裂成碎片
如纷纷飘落的桐花
没有生机
再无声息

回首
向来处切切张望
如果　如果可以
我宁愿选择
你我　从未相遇

第三章　流岚

飓　风

黑夜里刮过一阵飓风
所有关于太阳的传说
都湮没了
星星也隐藏在云的那端
暗暗垂泪
这个季节
已没有了　如月的纯情

泪　干涸了
汹涌的悲哀撞击心胸
一如黑夜里的飓风

半 生 缘

站在街头
徒然地目送你
再一次　再一次地
离我而去

你的背影如此落寞
写满了不甘　不愿　不舍
可是
你　还是　走了

曾经
你是爱的源泉
你是黑暗里的曙光
是燃烧的火种
是我生命的支柱

十八春呵十八春

曾经的刻骨铭心
曾经的肝肠寸断
尽管泪水依然在脸上奔流成河
尽管心底的伤痛仍然血流不止
可是　我们回不去了
时光改变了一切誓言
是谁
导演了这场有预谋的演出
有些情节实在是我无能为力的

回头
我只能远远凝望
像隔着银河的两岸
你是那么清晰
又是那么遥远

我只能在暗夜里悄悄垂泪
命运呵
为什么要如此捉弄我
给了我一段刻骨铭心的爱
却只给了我

这稍纵即逝的
半生缘

后记：电视剧《半生缘》的结尾，曼桢和世钧在街头擦肩而过，世钧回头深深凝望，他与她终究还是渐渐走远……

秋　　别

经过风　经过雨
经过岁月的一再冲刷
那些或美丽或忧伤的
往事
都已逐渐淡漠

只是
秋雨淋漓的午后
远去的列车
带走了你
也带走了我的爱与哀愁
摔落一地的泪珠
是我心上
最深最痛的一刀

多年后的今天
想起，仍然有心碎的感觉
如同当年摔落的泪珠

一棵孤独的树

在这面贫瘠的山坡上
你固执地　坚守千年
只为了等待这一刻吗

空气清凉　浮云散开
我踏着晨曦走来
怜惜的目光温暖你
沧桑的心房
柔情的手掌轻抚你
粗糙的脸庞
心里的感动如日之喷薄
胸中的柔情如水之泛滥
你的每一寸躯干
都露出笑颜
让时间永驻
这一刻　天地之间
只有你我

漂泊的云

当夕阳渐渐沉落
暮霭沉沉中
我转身离去
风中　你舞动的枝叶
是挥别的手臂吗
不知再见又是何年
你能否认出我那时的容颜

真想　真想啊
和你并肩
站成相依的两棵树
迎接每一个晨曦
抗击每一次雷电
让枝与枝在云中相握
让根与根在土里相连

如果　如果有来生
我一定是你近旁的那棵树

情　　殇

古典式的纯美爱情
变成了梦中的神话
躺进历史的档案柜里
备受冷落

一位诗人
把一颗浪漫的种子
种在现实的土壤里
如同一滴水
流失在沙漠里
瞬间，消失得无影无踪

在物欲横流的今天
一切都是明码标价
情人节的玫瑰
少女的青春
还有一些赤裸裸的
灵魂

日　记

日记里　那些模糊的语句
是懵懂与忧伤的记忆
泪水洇湿的信笺
隐藏着
谁也参不透的秘密

多年后的今天
启开一一检视
那些记述过的和没有记述过的
痛苦与温柔
那些曾经的刻骨铭心
逐渐淡去
如同早已风干的泪痕
只留下
淡淡的　淡淡的
印记

黄　昏

远处的天空
是谁
漫不经心的涂鸦
变幻　自由　想象
那些云朵
是随手涂抹的
一幕幕剧情

霞光躲藏在地平线
勾勒　渲染
绚丽多姿的背景
风　在奏乐
时而舒缓　时而激昂
天地之间
正在上演一场精彩的
即兴表演

漂泊的云

风驰电掣
我以每小时 120 千米的速度
追着风
道路两旁开满鲜花
月季和女贞的洪流
汇成流动的风景

我
追逐着落日
追逐着将暮未暮的
黄昏

晨

一声蝉鸣

惊醒

残梦无数

树　云　天空

你　我　人海

匆匆

七　月

狂风　骤雨
七月流火
一棵树在瑟瑟发抖
我
只有我

转　角

第三章　流岚

转角

遇见旧时光

似曾相识的场景

虚妄的想象

冰与火的碰撞

骑坐在岁月的门槛

张望

漂泊的云

地 平 线

喷薄　希望
沉没　黑暗
远眺
虚妄　不显

第三章 流岚

信　　使

风，吹来一片红叶
让我捎给春天

整整一个冬天
期盼，晶莹的雪花
缀满

山高水长，锦书难托
染血的思念，渐渐褪色

我，只是一个信使
何苦要流自己的
泪

眸

笑意盈盈的双眸
盛满千言万语
只一眼
就如亿万光年
时间停驻
这一刻
只余
心的悸动

咏 荷

多少文人咏叹你的高风亮节
多少墨客描绘你的绰约风姿
你无喜无叹
千百年来
只是默然无语

开着不变的花朵
守着不变的坚持
你是多么安静的一枝
又是多么孤独的一茎

清晨，荷叶上滚动的露珠
是你来不及擦去的眼泪吗
没有人知道
昨夜的月华曾怎样映照过你的容颜
也没有人知道
你心深处的梦

奔

跌跌撞撞,飞奔向前
只因
你在水之湄、天之涯
这一片盛开的花海
也无法让我的视线驻留
任云朵无穷变幻
任风掀起裙边

是黎明的曙光
还是将暮未暮的傍晚
尘世中的一切
都与我无关

你在
就是春天

月　光　曲

（一）

一弯月亮

似一艘小小的船

载你去了远方

我的期待

幻化成满天繁星

暗夜里你一抬头

就能看到

我注视你的目光

（二）

惊鸿无踪

你去了的日子

一天就是一个世纪

月圆的时候

我种下细密的相思

月缺的时候

只有清冷的风

（三）

于沧桑之后

想你

每一个窗口

都有你浅淡的笑容

每一段记忆

都有你模糊的誓言

曾经如此执着

如此热烈的心

瘦了

似天边

残月

风　声

第三章　流岚

一只蝴蝶轻轻扇动透明的
翅膀
空气无形流动，扭转
揉皱湖面潋滟的波纹
涟漪无限扩散，春水荡漾
穿过山谷悠长的回音
回旋转折

一句不经意的话语
掀起风暴
席卷了所有情绪
看不见的力量压迫
草木向同一个方向
匍匐
是屈服，是抗拒，还是膜拜

封印渐渐龟裂

漂泊的云

那些蛰伏的，沉睡的
汹涌
按捺不住　四处招摇

一如无孔不入的
风声

雨

在一场夜雨里，聆听
一阵风，拂过琴弦
湿漉漉的音符
在寂寥的夜里跳跃流动

百叶窗透过的温暖光芒
细碎斑驳，摇摇晃晃
像一副破碎而又耐人寻味的
表情

一个电话，猝不及防
与过往狭路相逢
蛊惑的音调
穿透浓稠隐秘，破茧而出

心跳催开的涟漪
在玻璃窗上蔓延
雨开出的花朵
在暗夜里，怒放

惊弓之鸟

有响羽飞过
是你的箭射伤了我
还是
我的弓惊了你

沿着岁月的河流漫溯
韵和着惊弦
轻颤
我黯然神伤

只是那丘比特的手
太快　太重　太狠
射穿了一颗心

于弓弦响处
惶惶然
亦如惊弓之鸟

在书香墨韵里遇见更好的自己
——贺淳化县女子书法培训班开班

风吹白了我们的头发
雨侵蚀了我们的脸颊
清灵的眼眸
渐渐失去昔日的光华
不再年轻的我们
已然过了人生的盛夏

是对生活尚未丢失的热情
是对艺术一往情深的向往
是对书法无比珍贵的热爱
是对未来尚未消磨的憧憬
今天　我们相聚在这里
在墨韵里舞蹈
在书香里挥洒

真草隶篆，提按使转
一笔有一笔的浓情

一划有一划的嫣然
那些无法言说的情愫
流淌在字里行间

你的豪爽遇见我的温婉
我的坚强拥抱你的柔软
你的张扬挽着我的腼腆
碰撞　融合　晕染
让诗韵飞上你的眉梢
让墨香沁染你的双眼
一笔起
惊起满纸云烟
一笔落
舒缓气定神闲

让书法优雅你的生活
让艺术点亮你的人生
我们一起手挽手
在书香墨韵里遨游
在阡陌红尘里
遇见更好的自己

诔　歌

还来不及好好告别
你就转身，消失在人海
从此，在我生命之外
精彩　或者无奈

用力劈开真心
指尖殷红的情感
流淌着无尽的思念
要怎样才能，让你明了
错过的，不止是皎洁的月
葱茏的青春

心里埋葬着
从未说出口的爱恋
转过头眼泪决堤
深不可测的悲伤
弥漫

漂泊的云

所谓的懂得
所谓的感同身受
都是隔靴搔痒
那些微笑背后的难过
那些夜半时分的辗转反侧
那些欲诉无言的缄默

月色如水，人在谁边
一往情深的一厢情愿
落花纷乱，归途缈远
喧嚣红尘中不复再见
岩溶深埋地之心
云岫隐没山之后
飞蛾扑火，一意孤行
岁月里多的是无解的谜题

一曲诔歌
献给，尚未萌芽却夭折的
从未开始却结束的
繁华落尽青草成冢

第四章 梦 痕

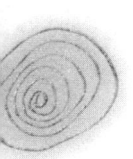

所有的青春岁月
都沧桑成了
千疮百孔的记忆
无论爱过 还是恨过
都留下了深深的印记
——《印记》

印 记

第四章 梦痕

把思念　涂成模糊的文字
锁进抽屉
而回忆　却流淌成一条河
泛着忧伤与甜蜜的波
曾经年少的你俊朗若星
曾经青春的我笑靥如花
清晰如昨

隔着时空的河
往事已愈走愈远
灯火阑珊的夜晚
谁　还悄然站立在你蓦然回首处
安静地　等待

所有的青春岁月
都沧桑成了
千疮百孔的记忆

无论爱过　还是恨过
都留下了深深的印记

在千百年的轮回中
能否
再次相遇

渡　口

站在别离的渡口
饮尽最后一杯离愁
手　慢慢地松开
你的手
从此　天涯远走

一场相遇里
有着怎样的绽放与凋零
有着怎样的狂喜与刺痛
向昔日的风里翻寻
那些曾经珍贵难求的
温柔的记忆
痛彻了心扉
沉默成过往

彼岸
绿草如茵　繁花似锦

漂泊的云

谁能
渡我　到彼岸

我徒然
独自留在诗句　背后
轻声喟叹

昨日的爱恋

第四章 梦痕

打开记忆
却无法整理
凌乱的思绪

徘徊在眷恋与觉醒之间
看不到未来
也回不到从前
你的背影如此遥远
牵不到你的手
感受不到你的温暖

游走在现实与梦幻之间
不能相爱
却也不能停止思念
你的面容如此浅淡
是梦中的情景
还是意象中的虚幻

记忆中的眼神
依旧温暖
惶然再一次回首
昨日已离我千里万里
无论怎样不舍
我也只能在有雨的时刻
静静地回忆

穿过雨雾
透过雨帘
昨日
是一片似是而非的风景

古老的河流

第四章 梦痕

时光漂走了
很多的往事
那些含笑的悲伤
将回忆折成章节
字里行间
隐藏着太多的渴望
太多无法完成无法诉说的
心愿

走过斑驳的墙角
那些泛黄的寂寞
零落成泥
西风下的摇头
阳光下的叹息
青春里那不识愁滋味
却偏爱感伤的日子
褪成模糊的记忆

沿岁月的河流漫溯

昨日的风景已似是而非

我随波逐流

期待下一世的

轮回

寄

第四章　梦痕

把心叠成精巧的信笺
贴上邮票
寄走了

伫立在绿绿的邮筒前
却怎么也寄不出
深深的寥落
真切的寂寞

于是
在回来的路上
我反复丈量
思念的尺寸
却觉得
路多长
思念有多长

迟

隔着数十年的时光
你邀我一起去看流星
这曾是青春里　最绚烂的梦境
被岁月侵蚀　早已成空

世间哪有倒流的河流呢
曾经那么殷切的期盼
飘散在岁月的风尘里
曾经那么执着的心
碎裂成泥
曾经为你写的诗篇
也如雨后的彩虹
滂沱成模糊的词句

总有一些
无用　却不忍舍弃的东西
总有一些

伤痛　却不能遗忘的记忆
而今
我仍是那个频频回首的女子
你是否还是记忆中
那个腼腆、羞涩的少年

命运总是在太迟的时候
才想起我的心愿
在破碎的流年里
那些细碎的疼痛
磨砺着
层层结痂的心

第四章　梦痕

寂

一遍一遍翻看手机
那种安静
让人有些窒息
不能传递你的讯息
轻轻删除
你留下的痕迹

所有自以为是的
坚持
瞬间崩塌
我
还要等待吗?

隐藏的记忆
在纠结和挣扎里
悄无声息
灰暗的心

渐渐沉寂

窗外
飘着细细的　细细的
雨

第四章　梦痕

听　雨

许多的日子
我总是一个人
独自　倚着窗
听雨

那滴滴答答的声音
敲呀敲呀　一直
敲进心里

揉碎一池芬芳
犹如　当年
你的琴声
也如雨丝缠绵悠长

我不敢
走进雨中
憔悴的心

不堪雨的冰凉

我只能坐在窗前

听雨

也听往事低唱

第四章 梦痕

遥远的星光

暗夜里
抬头仰望满天星光
光华灿烂
群星闪耀中
谁
是你眼中最亮的一颗

回头凝望青春岁月
短暂仓促
深深怀念时
谁
是你记忆中最美的风景

总有一些人
在你生命里划下痕迹
总有一些事
在你记忆里刻上烙印

犹如暗夜里的繁星

虽然不可企及

却从未离开

第四章 梦痕

记　忆

是谁的眼泪
模糊了枯萎的容颜
是谁的思念
抚慰那逝去的久远
是谁的目光
点亮温暖的等候
是谁的记忆
沉淀岁月的幽香

回顾青春
总是有太多泪痕
心事悬挂在天边
一弯新月
钩出谁的思念如眉

隔着时光的河岸
年少的你

固执地

扎根在我记忆深处

长成一棵

没有年轮的树

所有沉浮的往事

在枝叶扶疏中

褪尽华霜

第四章 梦痕

雪或者等待

一场大雪　如约而至
纷纷扬扬的雪花
如年少熙熙攘攘的时光
喧嚣　张扬
而又如此匆忙

那些如彩蝶般翩飞的日子
急速地坠落
劈开荒芜的心
却找不到一粒温暖的种子

回不去的叫过往
留不住的是时光
你说　这是我们两个人的迷藏
我蒙着眼睛　站在原地
你　躲进了人海里

日子被风一页页掀过

一切渐渐归于沉寂

河流静默　群山无语

追逐太阳的雪花

注定被融化

冬天　以一种倔强的姿态

沉默

第四章　梦痕

心　情

光秃秃的树木
显示冬的森冷
独坐在温暖的窗前
烟雾缭绕中
深邃的目光更显朦胧
试问
你在体会一种心情
还是遣散一种心情

灰色的天空
有几片阴云浮动
楼群张着冷漠的面孔
风中　我默默徘徊
衣裙翻飞时
思绪凌乱成一片迷蒙
不知，我该表白一种心情
或者埋藏一种心情

弃

是时候了　该放弃了

时间可以治愈
一切创伤
懵懂的心动
青涩的誓言
都已飘散

无论我如何不舍不愿
都再也回不到
从前

没有什么可以永远
年少时的青涩
还有生命
还有爱情

第四章　梦痕

漂泊的云

那么该放手了
不再纠缠于记忆
不再沉溺于幻想
所有的心动
到了最后
只不过是一场
心痛

是时候了　该放弃了
给自己一条生路
给爱一个尘封的理由

陌　路

第四章　梦痕

你眼中的疏离
深深刺痛我
早已伤痕累累的心
我艰难地转过头
不看你

你
从未靠近　从未在意
我又何必为此刻的陌路
心痛难抑
就像是风
无意吹皱的痕迹

欲诉难言的千言万语
深埋在海底五千里
眼中流出的
只有两点泪滴

你不知我

如我

不知所以

当你以为

第四章 梦痕

当你以为
我没有想念你的时候
我的思念
正穿越时空的距离
萦绕在你身边
笑看你嘴角的微笑
轻抚你眼底的忧伤

当你以为
我已经遗忘你的时候
我的思绪
正在回忆的岸边漫游
重温记忆中的每一个细节
看鸟儿划过天空
看白云掠过山冈

当你以为

漂泊的云

你不在我梦里的时候
我的灵魂
正在飞越千里万里
和你相依
快乐着你的快乐
悲伤着你的悲伤

虽然此生遥不可及
你却时刻在我心里
从不刻意去思念
想你的心却从未远离

过　客

第四章　梦痕

我打马从青春里走过
葱郁的心事
如花之开落
你从日子深处走来
明亮的眼睛
一如暗夜里的星火
燎过

人海里
你有你的　我有我的
方向
在不同的角落里
各自奔波流浪

你只是一个过客
从我的生命里匆匆经过
哒哒的马蹄声

漂泊的云

清脆地回旋在江南的青石小巷
擦肩而过的瞬间
如流星　绚丽地划过

你的眼神
璀璨了我的青春
你的优雅
丰富了我的记忆
你的浅笑盈盈
湛蓝了梦的天空
那擦肩而过的美丽
泛滥成一曲忧伤的歌
总在不经意时
深深地把你记起

乱

第四章 梦痕

茫茫人海中
你惊鸿一瞥
微微触动我的心
灵魂深处
有什么在慢慢觉醒

不奢望永远
只想要靠近你身边
握住你温暖的指尖
感受你欲言又止的万语千言
我已错过了太多
不想再一次擦肩

一眼万年
秋水般的眸光
氤氲着
如火的热情

瞬间
点燃
慌乱的心
如同
万马奔腾的花园
狼藉一片

辗转反侧　思绪难安
一些片段
萦绕在心头眉间
会有怎样的结局呢
总有一些事情　不可求解
我
已无力
任由　沉溺

下雪的夜

第四章 梦痕

风裹挟着雪粒破空而来
寒冷拍打着脸颊
凛冽撕扯着肌肤
单薄的身体瑟瑟
如枝头的树叶

他们围着红红的炉火
热烈　喧闹
我站在院子里
群山静默
万籁俱寂
雪花一朵一朵闯入
触手可及，却什么也抓不住

漆黑的夜里
一切欲望蛰伏潜藏
暗流涌动，却又不动声色

漂泊的云

一双无形的手
温柔地,漫不经心地
覆盖一切痕迹

一片雪白纯净
掩盖了过往
粉饰了曾经

我是一座孤岛

第四章 梦痕

我是一座孤岛
与人群相隔迢迢
晨雾中看海水开出的花朵
残阳下读海滩书写的故事
眺望　从日出到日落
没有一片白帆
漂进我的眼帘
我是一座孤岛

我是一座孤岛
季风来来去去
初春　我播下希望
暮秋　我收获失望
等待　从少年到白头
没有一只白鸽
衔来你的讯息
我是一座孤岛

漂泊的云

我是一座孤岛
浪潮涨涨落落
看　白云时卷时舒
听　海鸟浅吟低唱
没了等待与期盼
我怀着一种流浪的心情
任岁月流逝在淡淡的眉间
我是一座孤岛

等　　待

面对你的不满与指责
我无力
去争辩些什么
我只能
选择沉默

我知道
当爱在的时候
所有的不好都是
好
而当爱不在的时候
所有的好都是
不好

暗夜里
我的泪水
你

看不到
你更不可能体味
我心撕裂般的疼痛

我只能在这里等待
你
要么回头
要么远走

湖 的 忧 伤

第四章 梦痕

我本是一条川流不息的河
是谁
囚我于这一方小小的
湖

人们啊
我不能原谅你
用高高的堤坝
囚我于这方小小的天地

烟柳长堤是谁婀娜的风姿
水面微澜是谁娴静的笑靥
烟波浩渺是谁宽广的胸怀
如梦如幻是谁美丽的容颜

这宁静美丽的容颜不是我呵
奔腾才是我的性格

即使最早
我是一条小溪的时候
也是一路欢歌

人们啊
我不能原谅你
你们总是惊叹我的博大
你们总是陶醉我的美丽

可是　　有谁能知道
我心深处
那温婉静谧的忧伤

两岸的垂柳葱郁了谁的渴望
飘飞的雪花纯洁了谁的梦想
我本是一条奔腾的河呵
这里再美也不是我的家
大海
才是我的方向

断　　想

冬的孕育
萌发春的狂想
所有的生物
都在这一刻
沐浴温暖的阳光

缓缓地
重踏这条熟悉的山路
一川烟草渲染的原野
有飞絮轻轻飘扬
如烟　如梦
如飘逝的昔日

恍然地
流浪在人生的单行道上
匆匆人流构成的风景里
有冷寂渐渐弥漫

如墙　如城
如南极的寒冰

蓦然回首
来路亦了无踪迹
只有年轻的梦
还在记忆深处
顽强地生长

第五章 迷　墙

我脸上绽放的微笑
是妩媚的悲伤
是嫣然的绝望
　　　　——《夏的纪念》

夏 的 纪 念

透过岁月的帘
回头
偷偷张望

那个夏天
泪
在心里流成了海
你永远不会明白
我脸上绽放的微笑
是妩媚的悲伤
是嫣然的绝望

尘封
那些鲜活的面容
那些灵动的记忆
而你
却在心头

绽放成四季
永不败落的花朵

那仓促岁月里的
浪漫情怀
那跌落在青草里的
繁芜的青春
飘落成一片片
枯黄的音符
在风的琴弦上
奏成迷人的音调

我们回不去了
那个夏天
在记忆里
一遍　一遍
重复上演

诗 的 成 因

第五章 迷墙

执笔
只缘于一种简单的欲望
无关悔恨
亦无关悲伤

在月明星稀的夜晚
在微雨的窗前
总有一种
想记述什么的
冲动

不要探究我心深处的狂乱和忧伤
不要猜测我记忆中的爱恋与痴迷
不要揣想我未来的美梦与幻想

只要你喜欢我写的诗
喜欢就好

春 之 梦

又是春寒料峭
又是烟雨蒙蒙
又是空灵而无奈的心情

轻烟薄雾中
一抹娇嫩欲滴的淡绿
是春天不经意的主题

伫立　漫步
风雨中
我依然沉湎于那个
轻飘的梦

这样的时刻
这样的景致

所有惜春伤春悲春的诗句
一齐袭来

回溯岁月的码头
风依旧吹打着记忆
岛却飘忽不定

第五章 迷墙

独 角 戏

热切地

凝望你的眼眸

如一颗微小的石子

投入大海

平静　无波

内心的波澜

溢出眼眶

那些无法言说的

情愫

亘在心怀

闭上眼睛

努力忍住眼泪

心痛过后

终于明白

这只是　我　一个人的

独角戏

你
从未参与
我却 迟迟不肯
谢幕

第五章 迷墙

错　　过

我总是
与人生的许多重要时刻
擦身而过

仿佛是一场
总也赶不上的演出
当我跋山涉水　急奔而来
却是曲终人散　灯火阑珊
退场的人群如潮水般
散去

退场的人群如潮水般
散去
站在空旷寂静的舞台
茫然四顾

当灯火逐盏熄灭

我一个人
在黑暗中　彳亍前行
深一脚　浅一脚

我的灵魂
仿佛迷了路
在暗夜里张皇失措
谁能　点一盏灯
为我　照亮回家的旅程

第五章　迷墙

夜

一些凌乱的

思绪

飘飘摇摇

在云朵之上

黑夜　降临

世界突然被蒙上了眼睛

黑　无处不在的黑

咆哮着

用它尖利的爪牙

撕咬着

我的门窗

遍布抓痕

万籁俱寂

风　隐藏在树的背后

不敢慨叹　不敢呢喃

甚至不敢呼吸

我听见
灵魂深处的声音
嘲笑着
我的软弱
我的苍白

我虚掩着门
等待

第五章 迷墙

桥

伤心桥下春波绿,曾是惊鸿照影来。

惊鸿无踪
是谁　还在桥上
痴痴地凝望

青葱的岁月
还有昔日的容颜
都被春水带走了

桥上
空留旧梦无数

给　你

我不阻挡你去欢乐的园地
也不再盼望你走进我心里
只是要去就去吧
别问我可不可以
你的一切我已不在意
在流血的心里
爱已被撕成碎片

在人群中欢乐吧
只要他们能带给你欢乐
我却愿意在清冷的氛围中
品味自己的心情
陪伴我的
有我
还有雨声

风　筝

自由自在
在天空中飘浮
那一天
想要拥抱白云时
才蓦然发现
线
在别人手中
身子
被风操纵

四 月 雪

第五章 迷墙

冬翁不甘退出
季节的舞台
在一个猝不及防的
夜晚
袭击了春天

纷纷扬扬的雪花
飘在温暖的
人间四月天

桃红柳绿的四月
莺飞草长的四月
樱花烂漫的四月
霎时
失去鲜艳的光彩
露出苍白的脸

漂泊的云

人们惊奇地喊
"下雪了！下雪了！"
刚抽的嫩枝
刚开的花朵
深切地
感受到这场灾难

目光穿越昔日的芬芳
稚嫩的花草啊
谁能体会
你撕心裂肺的挣扎
谁能感受
你茫然无措的奈何

春天的路口

开满蒲公英的小径上
你　　还在等我吗
匆匆的人流
虚构了好多故事
你我的相遇
只是其中的一个章节
徘徊在春天的路口
思念　　如饱满的花蕾
等待绽放

美丽的花只开一季
美丽的梦只有一瞬
谁的笑容
摇晃　　摇晃
如纷纷飘落的樱花
徘徊在春天的路口
思念　　如蝴蝶的翅膀

等待飞翔

徘徊在春天的路口
等待你
撒下一粒温暖的种子
种下融融的春意
思念　　如春天的野草
疯狂滋长

相 约 遗 忘

第五章 迷墙

让我们相约
相约
彼此忘记

忘记那个遥远的夏日
皎洁的月光曾怎样
映照你我年轻的容颜
而我微笑的脸庞
如羞涩的蓓蕾
曾怎样在晚风中悄悄盛开

忘记那个雪花飘飞的冬日
长长的山路曾怎样
印刻你我青春的足迹
而飞舞的红纱巾
如爱的旌旗
曾怎样在风中猎猎飘扬

漂泊的云

让我们相约
一起忘记吧

让你消失在我的生命里
让我飘散在你的记忆里
好像　好像
我们从未相遇

等你来入梦

第五章 迷墙

等你来入梦
是不是泪淋湿了
焦灼的心情
是谁　深情的眼睛
这么执着
望断阑珊的灯火

等你来入梦
是不是云掩盖了
美丽的憧憬
是谁的手
这么快这么狠
将它撕得粉碎

等你来入梦
是不是雨打湿了
忧郁的心房

漂泊的云

是谁　迟归的脚步
这么沉重
把心踩得好痛好痛

等你来入梦
是不是风吹走了
坚贞的爱情
是谁的心
这么伤这么痛
在暗夜里片片凋零

等你来入梦呵
等你来入梦
请让我在梦中
与你相逢

失火的荒原

第五章 迷墙

你明亮清澈的眼神
点燃
我内心的渴望
一种情绪
在心底深处跌宕起伏

我一遍一遍修筑
理智的堤坝
企图
用沉默掩饰
一触即发的爆发

用力抱紧双臂
给自己离开的勇气
一颗心
如失火的荒原
熊熊燃烧的火焰

灼痛早已注定的结局

我
一直在你的世界之外
我
只能在你的世界之外

冰　　冻

于喧嚣的街头
择一隅宁静
抒写自己的情绪

风寒了，叶落了
远处的风景也只是一片萧索
承受不了逼人的森冷
于是逃回冷寂的小屋
把自己冰冻

不知，下一个世纪醒来
有谁的手
抚去鬓边的白霜
不知，还有些什么反复和曲折

也许只有那细细密密的雨
飘落在记忆的窗口

枯　荷

在那个美丽的夏季
穿上鲜嫩的荷叶裙裾
捧着含苞的嫣红花蕾
在温煦的夜风里
在温润的月色下
毫无保留地绽放
只为，遇见你

你
没有如约前来
那条小径
被焦渴的目光灼痛
盛开着绝望的花

当冬日凛冽的寒风
吹来一季雪花
枯败的容颜

颓折的身躯

苍白的灵魂

瑟瑟

在纷纷飘落的雪花里

裹紧那颗凄楚彷徨的心

站立成一首悲凉的宋词

错过已是一生

我曾经执着地等待过你

以青春

以生命

以一生仅有的一次

等待过你

却什么也不能

什么也不能

留给你

第五章 迷墙

门

曾经
你轻启心扉
欲容纳一个圆圆的
世界

因迷惘
因诱惑
因无心的错失
我去追逐那抹
淡淡的斜阳

一场太阳雨潇洒地
飘落
爱如绚丽的彩虹
消逝在远天那边
曾经的美丽誓言
如雾霭烟岚般

飘散
徒留伤感

今夜
当我踏着风雪归来
你的门是否依然
为我敞开

第五章　迷　墙

夜　　色

今夜
无月

月亮
在李白的花前独舞
在张若虚的江边徘徊
在苏轼思念的眼睛里
流连忘返

凝望夜空
璀璨的星光映照
无尽的时间
眼前的光芒
已是亿万光年
凌乱的星星
戒律森严
保持永恒的距离
彼此颔首微笑

却永远不能牵手

我　独自一人
逆着时光行走
划过指尖的夜风
微微清凉
夜色如水　缓缓流淌
沉沉的思绪
如黝黑的天幕
闪光的词句
拼凑不成一首完整的诗篇

黑色　无孔不入
熄灭了
最后一点灯火
星辰无语
夏虫沉默

夜
张开细细密密的网
捕捉，每一个荒诞不经的
梦

向　往

一扇窗
分隔两个世界

青青草原，莺飞草长
鸟儿欢唱
花儿在竞相炫耀她们
美丽的衣裳

我在我的世界里
徜徉
一本书
一段柔软的时光
偶尔，看向窗外
按捺，心头隐秘的
向往

暮

第五章 迷墙

太阳注定西沉
不可违拗的宿命
无论怎样不舍
我都将不能回头

黑暗渐渐侵袭
模糊了湿润的眼眶
万里霞光
是美丽嫣然的绝望

拼尽全力
将暮未暮的原野
这绝美的景象
是我能留给你的
最后念想

拥　　抱

给我一个拥抱
一个拥抱
就好了

我能感受
你说出的和未说出的
所有言语
以及言语背后的
喜乐哀愁

成功的时候
我站在你背后
无言是我最大的欣喜
风雨来临的时候
我站在你右边
虽然我柔弱的双肩
不能为你遮风挡雨

只是要你知道
我和你并肩站在一起

第五章 迷墙

欢乐的时候
请到人群中欢乐吧
让你身边的每一个人
都感染你的幸福
悲伤的时候
请到我怀里哭泣
我绝不会讥笑你的泪滴
只想抚慰你的脆弱
让你卸下心灵的疲惫
再去继续面对

给我一个拥抱
一个拥抱就好了
什么也不用说
让我感觉
我是你温柔的
妻

夜 来 香

年轻的你我
不知道
那样轻易地一挥手
就走进了人潮汹涌的人群
走进了错综复杂的生活
转身
竟成了陌路

今夜
在晚风启开的心事里
谁，还在分别的路口
慌张地　张望

我的思念
是夏夜里盛开的
夜来香
总是在夜深人静时
浓郁　悠长

野 孩 子

还没练就坚强的翅膀
你就任性地要独自飞翔
看着你跌跌撞撞的模样
看着你受的那些伤
我无能为力
独自
黯然神伤

你是一个野孩子
总想到处去流浪
远方
不知是诱惑还是梦想

不愿让爱成为一种阻挡
放手让你自己去闯
等待　让时间将一切
变成过去式

等待你慢慢成长

也许有一天
你会明白我的心
那时
我早已不在你身旁

第六章 花　束

这是我所有的
青春岁月和柔情
开出的
花朵
　　　　　——《昙花》

昙　花

第六章　花束

积蓄了一生
只为这一刻的
乍然绽放

我不能像
天姿国色的牡丹
摇曳在春风里
供人们欣赏

我也不能像
冰清玉洁的荷花
静立在水面上
供人们观赏

我甚至不能
像秋菊
像蜡梅

傲骨铮铮
让人们赞赏

我只是一朵羞怯的昙花

只为你一人
盛开
在这夜半时分

这是我所有的
青春岁月和柔情
开出的
花朵

除了今夜的月光
没有人知道
我的美丽
还有心底
不曾说出的
秘密

春天的约定

蕴藏了整整一个冬天
这一刻
阳光正温
微风和煦
柳条在风中婀娜着风姿
牧童骑着青牛
吹着柳笛
在菜花金黄的田埂
悠闲地走过

一棵开花的树
站在这面山坡上
展开羞红的笑靥
等待千年的约定

嫣红的花瓣
是潮红的心事

漂泊的云

微微颤动的花心
如胸中沸腾的柔情
撞击心胸
一如斧钺
在这乍然的绽放中
有我所有的　青春的悲欢

年少的你啊
不懂珍惜
当你在流浪途中
匆匆回头
我依然是山坡上
那开满鲜花的树

等　候

等候，是一份执着，一份坚贞，一种至死不渝的深情。

——题记

  你在等什么
  等春风拂过温润的面颊
  等春雨洒落翩翩的发梢
  等绿草渲染大地的柔情
  等鲜花恣意开放的热烈

  你在等什么
  等骄阳似火的豪情
  等绿荫如水的温柔
  等雷雨过后的彩虹
  等夕阳晚照的壮丽

  你在等什么

等枫叶在丛林中火红地燃烧
等秋实在枝头上满足地含笑
等一抹深沉的成熟
等一份收获的喜悦

你在等什么
等黄叶落后的另一种风景
等纷纷飞雪的每一份杰作
等一炉烈火的温情
等一杯在手的闲适

不
这一切都不是
除非是你的温柔
不做别的等候

漂泊的夜

第六章 花束

很寂很静的夜里
总有淡淡的哀愁
寂寞如云
笼罩疲惫的心
心如古堡
在星光下沉默地憔悴

微风从你的方向来
没有带来你的讯息
紫丁香散发着淡淡的忧郁
这个季节
写满了玫瑰的谎言

就这样走吧
走出困惑的迷谷
生命总是要经历风雨

漂泊的云

不要留恋温馨宁静的港湾
今生注定是漂泊的旅人
那么就这样走吧

不要去想未来的前程
也不要回首来路的风景
就这样走吧
走过人生的每一个季节

难　题

第六章　花束

是谁
让你在暗夜里
独自哭泣
是谁
让你的心痛
一点一点在
加剧
什么才是最重要的
什么应该放弃

谁能给我一个公式
让我精确地计算出
我和你之间
应该保持的
距离

落　叶

张开十指
向空中
掬一捧寒冷的思绪
在一页素笺上涂抹

涂来涂去
涂满了你的名字
真想将它寄给你呵
却又怕美梦破碎

于是，在有风的黄昏
将它撕碎
化成满天凋零的落叶

朋友呵，无声无息
坠落在你身后　一地的
不是落叶，是我破碎的心

初　雪

纷纷扬扬　熙熙攘攘
雪花
穿上洁白的裙装
喧闹着
去赴一场盛大的秀场
圣洁的愿望
缀满晶莹的六角星芒
捧一束缤纷的梦想
献给诗和远方
我不想说
纯洁的爱恋
给了何人　去了何方

毅然决然地坠落
覆盖一切明媚的忧伤
奋不顾身地融化
冲击一切嫣然的绝望

漂泊的云

我只是一片小小的雪花
只有一个简单的
简单的奢望

从此
落在你心上

落雪的时候

第六章 花束

风起
思念就起
雪落
我的心
却无处停息

你一转身
消失在茫茫人海里
我
无从寻觅

雪花深处
埋藏了多少记忆
年少的心事
悬挂在风吹过的林梢
飘飘摇摇
如晶莹的冰雕

漂泊的云

红红的丝巾
依然在风中舞蹈
深深浅浅的足迹
是雪地上最美的符号
长长山路上
所有的草木都记得
那一季的美好

雪花覆盖了一切忧伤
无论我怎样追忆
怎样怀想
冰清玉洁的恋情已消融
在遥远的冬日

今夕何夕
我绽放成最美的雪花
在暗夜里
独舞

流星三叹

（一）

让我们相约
一起去看流星吧
看那划过天边的刹那火焰
看那无与伦比的美丽瞬间
像烟花一样绚烂
像惊鸿一样短暂

让我们相约
一起去看流星吧
看颗颗流星如雨一般滑落
那一个个优美灵动的精灵
像梦中一瞥
像昙花一现

（二）

我划过你的生命
像流星划过天空
那美丽的瞬间
是我竭尽一生的灿烂
义无反顾地陨落
只留下永久的黑暗
既然只能隔着浩瀚的星河
就让我在黑夜里
凝视那一点忧伤
祈愿你
一生平安

（三）

如果　注定我必须
消逝在你的生命里

就让我选择做一颗流星
瞬间的美丽
短暂的灿烂
是我留给你的最后笑靥

如果注定我像一颗流星
划过你的生命
请你以欣赏的目光看我
请你说
那颗流星是多么美丽
划过天边是多么优雅

每当天边划过一颗流星
请你一定要
驻足
凝视
因为　那是我
注视你的眼睛

誓　言

握一页素笺
如握你温热的手
在我指间颤抖
成一纸蝴蝶

翩翩
是从庄周的幻梦中走来
是从梁祝的故事里飞出
抑或是
千年来痴男怨女不死的
魂灵

不然为什么
年轻的梦里
总有你不老的容颜
在记忆中反复吟诵
你的誓言，每一个字都
刻骨铭心

碎 片

第六章 花束

记忆中
那些凌乱的碎片
被时光深埋
晶莹　或锈迹斑斑

命运将它　仓促地
串成一条粗劣的项链
围在岁月脖间
不是为了装饰
而是为了纪念

漂泊的云

等 待 起 程

所有的行装都已整好
所有的话语都已道尽
门悄悄紧闭
寂静渐渐充满
所有声响纷纷逃离

默默地
我等待起程

等待的心情潮潮的
天空也飘着雨
这是你挽留的泪水吗

留给你，昔日的容颜
还有那个美丽的夏季
任细雨打湿了行程
心依然要走很远
很远

山 桃 花

也许
是一粒随风飘荡的种子
也许
是一枚顽童丢弃的果核
我在这面山坡上
生根　发芽
此刻
我已长成一棵亭亭的树
枝间缀满饱满的蓓蕾

当我的姐妹
装饰着城市的风景
享受人们倾慕和爱恋的目光时
我正开放在
无人的荒野

不要慨叹命运的不公

漂泊的云

不要抱怨土地的贫瘠
不要惋惜青春的流逝
如此寂寞

我只是一棵山桃
每当春风拂过
我就努力地绽放
绽放
这是我呈给春天唯一的爱恋

十　字　绣

第六章　花束

我把对你的爱
和思念
细细地描成一幅画
在有月光的夜晚
绣成精美的十字绣

一针有一针的疼痛
一针有一针的悲伤
心中的图画逐渐清晰
那些淡淡的往事
那些淡淡的心绪
被思念的丝线缠绕着
渐渐有了美丽的模样

不要惊讶画面的优美
不要赞叹针法的精良
刺穿的不是画布
而是我，早已伤痕累累的心

秋

秋天
是收获的季节
也是飘落的季节

收获
是一份飘落的喜悦
飘落
是一份痛苦的收获

钓

细雨中
你挺拔的身影映入我眼帘
木芙蓉粉紫色的花朵　淡淡的
开在你身边
你深邃的目光
专注地盯着水面

所有的同伴
纷纷四散
透过圈圈涟漪
我久久地久久地
凝视着你

明知
那是不可去不能去的陷阱
我还是义无反顾
决然地一口吞下

你精心准备的诱饵

我看到你眼中
刹那的惊喜

尽管我不能呼吸
尽管我即将死去
我亦无怨无悔
那最后的挣扎
是我给你的
爱与欢喜

听　秋

霜染枫叶，红彤彤的
像少女羞涩的脸颊，低头含着微笑
美丽的银杏树叶
洒落一地金黄
扇形的叶片
如蝴蝶的翅膀，在风中飘摇

徜徉在无与伦比的秋光里
缤纷的色彩，放肆而热烈
我等待着，却无所等待
深邃悠远的蓝天，无边无际
两只调皮的鸟儿
追逐，嬉戏
自由惬意

奇迹会出现吗
一湖盈盈的秋水，波澜不惊

映照着时光
曾经的丰沛、温润、柔和
如枯黄的落叶,纷纷落下

都说秋天是思念的季节
在每一个醒着的子夜
在每一个辗转的夜晚
听秋风吹起
听树叶飘落
听
曾经
在心底唱歌

告　别

躲开人海的喧嚣
忽略时间细微的记忆和
线索
在心中，跋涉万水千山
和一段时光告别

此时此刻，万物都懵懂茫然
依旧循序而过
风，在山间穿梭
云，在天边徘徊
草和木相互致意
蝶和花窃窃私语
就像山峦，不知晚霞依依
就像云朵，不懂雨的背离

你说，所有的离开都
毫无征兆，猝不及防，

漂泊的云

其实所有的渐行渐远都是
处心积虑，蓄谋已久
暮云四合，合上的
还有世界的眼睛
一切都在眼帘之外，一切
都在心灵之中

有些事，一生仅有一次
有些人，终生再难相聚
也许，这就是最好的结局
一个人，在人群中沉默
一个人，在人群中行走

樱 花 树

一个人　安静地
穿行在这个熟悉而又陌生的城市
身边掠过一张张年轻的脸庞
青春在他们身上飞舞张扬

高大的樱花树
繁茂的花朵
如年少时的熙熙攘攘
懵懂与疏狂
如此喧嚣　如此明亮
我的心，是波涛微微起伏的海洋

不再年轻的我
回首　向来处张望
倏忽而几个春秋
时光改变了一切模样
只有我的青春
依稀还在樱花树下流浪

奉　献

掬起一捧清亮
指缝间滴落的
是碎裂的心
是晶莹的泪

曾奉于你的一切
都在等待中
一点一滴，流失殆尽

还有什么
是我可以给你的
除了爱，我一无长物
如果这如水的生命
可以
我愿双手
捧到你的眼前

陪　　伴

你在里面
我在外面
一层透明的玻璃
一道无法逾越的天堑

眼睁睁地看着你
触不到你的眉眼
摸不到你的温暖
一张一翕
是声嘶力竭的呐喊

就这样咫尺天涯
不能在同一片海洋
遨游
我依然守在你身边
永远

后稷之地感怀

　　最美人间四月天，应武功文联主席杜小辉的邀约，淳化文联和兴平文联一众人乘着春天和煦的风去学习交流采风，感受历史的厚重，感受文友的热情，感悟文字的魅力，感慨时不我待。

——题记

雨谒教稼台

裁一抹流云
涂抹蓝天的诗韵
胸中饱满起伏的情愫
悄悄盛开在指尖
轻抚
遗留在时光里的文字
没什么可以表达
我此刻朝圣般庄严的心情

自天宇倾泻而下的雨丝

是我连绵不绝的思绪

微凉的风

从远古时代款款而来

美丽的神话

动人的传说

传颂

第六章 花束

一股神秘的力量

拽着我

血脉里淌着先民的血液

在沸腾

是对神灵的敬畏

还是膜拜的图腾

踩过雨的清冷

仰望

你安然而坐的雕像

目光温暖安详

怀抱禾麦菽麻

漂泊的云

就是怀抱五谷丰登
静静地凝望
这片热土
看着他们一代一代
丰衣足食　繁荣昌盛

教稼台边
百年的树木葱茏
四方台旁
丰茂的四季鲜明
耳边　隐隐
有你教民稼穑的
回声

你是农业的始祖
你是百姓的神明
尝遍百草
教民耕种
从此告别茹毛饮血
走上新的农耕文明

历史厚重

难以承载你的恩泽和功绩

薪火相传

都是后世的敬仰与感激

你看

和煦的风

吹开四月的芬芳

金灿灿的油菜花含笑

绿油油的春小麦纵情

桃红李白

姹紫嫣红的芳菲

都是你的子民

精心描绘的图画

都是献给你的

崇敬与虔诚

第六章 花束

姜嫄水乡

站在春天的微风里

目光穿越昔日的芬芳

你像一名江南女子
从时光深处走来
情韵袅袅　步步生姿

蘸一抹漆水河清凉的春水
梳洗你乌黑的长发
扯一缕彩虹绚丽的色彩
装扮你靓丽的容颜
星辰闪烁
是你妩媚的眼睛
浮云摇曳
是你风情的年华

隔着时空的河岸
隔着岁月的帘栊
神话般的传说
是怎样叩响
我期盼与憧憬的窗棂

今天
行走在水乡秀美的风景里

仿佛有你同行

隐隐的号角

吹奏大美武功的和声

沥沥的细雨

难掩文朋诗友的热情

第六章 花束

喝一杯美酒

黄土汉子脸上飞起酡红

吟一首长诗

关中女子胸中满溢豪情

我悸动的心

紧扣时代的脉搏

跳动

今夕何夕

我们相聚在大美武功

明日何往

我们流浪在人海茫茫

只有姜嫄水乡曼妙的姿容

深藏在记忆之中

赠 别

小船扬帆　正待起航
当你饮完这杯酒
就到了分手时候

不用执手相看泪眼
不要去想长亭短亭
深远的大海
是我蓝色的思念
你的白帆
总飘不出我的眼帘

起航的笛音响了
让我们潇洒地挥手
把今朝数不尽的泪水
等到相逢的时候
再流

雨天，飘飞的思绪

喜欢下雨的日子
就这样静静地坐在窗前
看细雨纷飞
斜斜地飘出某个段落

在油纸伞飘过的雨巷
把一些挂在眉间的忧愁
涂上妩媚的笑容
如丁香花的绽放

你款款而来
脚步清脆地在青石小巷敲响
浮动的红晕
匀开了一脸的笑意嫣然
你是谁的过客
又是谁的归人

守望,蛰伏在梦边
烘干潮湿的记忆片段
听雨,看雨的日子并不孤单
因为心中有你
还有那个雨季

第七章 词 韵

梅竹相映唤春归

微风吹醒百花心

今朝细雨润万物

明日争艳斗芳菲

——《春风》

春　风

梅竹相映唤春归，
微风吹醒百花心。
今朝细雨润万物，
明日争艳斗芳菲。

春　日

桃红柳绿燕双飞，
姹紫嫣红各芳菲。
我自山头观春色，
景不媚人人自醉。

春　色

蔷薇风摇胭脂色，
梨花雨湿杏衫红。
正是一年春好处，
芝兰玉树感流年。

第七章　词韵

春　梦

柳絮翩跹飘若雪，
飞花轻盈恍似梦。
年华似水流照君，
岁月蹉跎空余恨。

春　雨

绵绵细雨润绿柳，
袅袅轻风扫落红。
长恨春光抛人久，
唯留暗香盈满袖。

第七章　词韵

秦　岭

房前芭蕉屋后竹，
半阕明月一枕风。
雾霭轻岚群山绕，
流水潺潺草木香。

丁　香

庭前种丁香，
春发万枝花。
幽夜香浮动，
不作芭蕉愁。

卧 听 夜 雨

　　帘外雨急风骤,吹落花如雪。昨日盛放今凋残,不堪看。

　　春光韶华易逝,匆匆逐流水。花开堪折莫辜负,空嗟叹。

阮　　思

春庭繁花前，坐等阮郎归。
云绕烟水间，蝶舞影翩跹。
纤手拨阮弦，声声意缠绵。
帘外闻子规，相思已成灰。
天高雁杳渺，故园红颜老。

秋　声

昨夜西风扫林亭，
落叶声声不忍听。
思绪辗转恨夜长，
浮生一梦渐飘零。

夜待友人

山城夜色美如画，
霓虹闪烁灿如霞。
泥炉温酒重剪烛，
绿篱掩月待友来。

第七章　词韵

题金川湾石窟

依稀斑驳旧时颜,
栉风沐雨已千年。
而今重见天日时,
沧海几度换桑田。

汉云陵

帝王之家那堪情，
只道当时比蜜浓。
生前情断恩义绝，
芳草萋萋享哀荣。
子孙即便为至尊，
可怜青春埋土垄。
千年幽怨钩弋女，
一抔黄土汉云陵。

题王昭君出塞

万里胡沙黄,
雁阵叫西风。
今夕离长安,
故园只梦中。
相思沙洲远,
无处诉情衷。
惊才绝世美,
沧海一浮萍。

小 满 有 雨

阴阴夏木映虹霓,
霏霏细雨伴鸟啼。
已是五月榴花火,
岂料寒风着棉衣。

舞墨品茶听雨闲,
微风薄雾笼青山。
忽闻学童高声喧,
已是灯火近晚天。

风住云停雨声悄,
车水马龙人如潮。
景色晴明云初霁,
满城春色入眉梢。

古 渡 烟 雨

漠漠寒烟锁长堤,
蒙蒙细雨沐林绿。
道幽林静花欲眠,
小鸟枝头闭口立。

风舞重阳

寒风凛冽今重阳，
树褪青翠菊花黄。
又是一年近晚秋，
寂寂寥落思绪长。

秋日登高

丹枫飘零临高阁,
天色苍茫暮云合。
一段残垣藏何事,
半卷斜阳映晚天。
野菊烂漫傲寒霜,
枯叶凋零总伤情。
别来已觉心渐远,
那堪冷雨扑窗棂。

岁末感怀

（一）

寒色孤村暮，朔风四野闻。
蓬径缘未扫，枯叶竟自临。
疏篱掩皓月，窗纸染星辰。
西窗一盏烛，犹自照离人。

（二）

残腊岁未尽，游子故里回。
草色早黄浅，浮萍新绿微。
竹沐一点风，笛奏万里悲。
长夜孤灯暗，春风未肯归。

(三)

寒风摇庭树,弦月照纤尘。
残灯书一卷,炉火酒半温。
窗前梅枝摇,犹疑归故人。
披衣开门望,冬去春未回。

(四)

舟横烟渚上,早柳色未黄。
枯草铺阡陌,弦月壶里香。
楼高休独倚,归人在远乡。
无限凝眸意,结在深深肠。